GEORGES BONNET

Membre correspondant de l'Académie de Mâcon

SOUVENIRS

DE

L'ANNÉE 1806

Extrait du *Journal de Saône-et-Loire*

MACON

PROTAT FRÈRES, IMPRIMEURS

—

1896

L⁴
2057

SOUVENIRS DE L'ANNÉE 1806

2097

MACON, PROTAT FRÈRES, IMPRIMEURS.

GEORGES BONNET

Membre correspondant de l'Académie de Mâcon

SOUVENIRS

DE

L'ANNÉE 1806

Extrait du *Journal de Saône-et-Loire*

MACON

PROTAT FRÈRES, IMPRIMEURS

1896

Souvenirs de l'année 1806

Chagny, 14 octobre 1895.

Les manifestations bruyantes auxquelles vient de se livrer la nation allemande pour fêter, sous les auspices de son jeune empereur Guillaume, les victoires de 1870, ont eu pour résultat de nous remettre en mémoire diverses phases de cette époque si désastreuse pour nous. La presse nous a rappelé non seulement les principaux épisodes des grandes batailles de Reischoffen, de Mars-la-Tour, de Borny, de Saint-Privat, de Sedan, mais aussi et surtout la conduite si souvent déloyale de nos ennemis et le caractère odieux dont restera empreinte dans l'histoire cette invasion qui eut pour point de départ la mauvaise foi et le mensonge.

Elle est la 28ᵉ que nous ayons eue à subir de la part des peuples de la Germanie, et plût à Dieu qu'elle soit la dernière.

Mais ce que le journalisme français n'a peut-être pas suffisamment mis en lumière, c'est la différence véritablement étonnante qui existe entre la manière dont ces deux grandes nations se sont combattues en 1806 et en 1870.

Du séjour des Prussiens chez nous, il y a 25 ans, que reste-t-il à dire ? Quels souvenirs éveille-t-il dans nos cœurs ?... Comment les générations futures devront-elles juger leurs procédés à notre égard ?... Nous voyons et nous rencontrons chaque jour, à chaque pas, dans chaque circonstance, pendant les six longs mois de leur présence sur le sol français, beaucoup plus qu'une sévérité excessive admise et souvent justifiée par les lois de la guerre.

C'est la haine froidement calculée, la vengeance préparée et étudiée depuis l'âge le plus tendre, la ténacité dans l'accomplissement d'une œuvre dont l'âme est remplie, et comme complément, la brutalité teutonne.

Pendant l'invasion de 1870, j'ai vu, nous dit le baron Ernouf, dans un volume extrêmement curieux, écrit en septembre 1871, une lettre écrite à un officier allemand par son aïeul, vieillard octogénaire. « A chaque ligne, il répétait : « Mets le feu partout ! *Anzünde* ! (1). »

_____

(1). Baron Ernouf. — *Les Français en Prusse*, 1807-1808, d'après des documents contempo-

Il est inutile de revenir sur les incidents comme ceux du château de Hauteville près Dijon, où plusieurs Charollais furent si lâchement assassinés, et sur tant d'autres aussi odieux qui ont été racontés dernièrement par nombre de journaux.

Dans la campagne de 1806 et 1807, pendant la guerre faite par nos ancêtres à la Prusse, il y eut aussi des injustices commises par les vainqueurs, des villes réduites par la force, des maisons brûlées, des récoltes perdues, des familles ruinées, des larmes, des imprécations, mais au milieu de ces tableaux navrants qui sont toujours le produit le plus certain de la guerre, on découvre çà et là des anecdotes, des détails qui donnent bien la note du caractère français, de la générosité, de la bonté de cœur et de la bonne humeur dont aucun soldat de notre nation n'est entièrement dépourvu.

Tout d'abord, il est intéressant de rapprocher et de mettre en regard la conduite des souverains des deux peuples en lutte en 1806 et en 1870. Au début de la première de ces campagnes, le 7 octobre, Napoléon reçoit du roi de Prusse une note

---

rains recueillis en Allemagne. Paris, Didier, 1872, in-12, p. 100.

dans laquelle il est enjoint assez lestement à l'armée qui venait d'être, l'année précé-dente, victorieuse à Austerlitz, d'avoir à montrer ses talons et regagner au plus vite le territoire français.

Cinq jours après avoir reçu cette missive, le 12 octobre, Napoléon arrive à Géra, à 40 kilomètres environ de la petite ville d'Iéna ; il gravit aussitôt une haute colline du voisinage appelée : « le Galgemberg », point culminant de la contrée, pour examiner la topographie du pays. Consultant ses cartes, il sait où se trouve l'armée prussienne et la voit perdue. Il est sûr de lui faire éprouver avant peu un désastre terrible. Ses renseignements pris et son excursion terminée, il redescend à son quartier général et dicte sa réponse à la lettre du roi Frédéric-Guillaume III. Il est assuré de vaincre et il offre quoi !... la paix.

« Que votre Majesté m'en croie, j'ai des forces telles que toutes ses forces ne peuvent balancer longtemps la victoire. Mais pourquoi répandre tant de sang? dans quel but ?... Je tiendrai à Votre Majesté le même langage que j'ai tenu à l'empereur Alexandre deux jours avant la bataille d'Austerlitz. Fasse le ciel que Jes hommes vendus ou fanatisés... ne lui donnent pas les mêmes conseils pour la faire arriver au même résultat !... Sire, j'ai été votre ami depuis six ans. Je ne veux point profiter de cette espèce de vertige qui anime ses conseils, et qui lui ont fait commettre des erreurs militaires de l'énormité desquelles l'Europe ne tardera pas à retentir ; si elle m'eût demandé des choses possibles, par sa note, je les lui eusse accordées ; elle a demandé mon déshonneur, elle devait être certaine de ma réponse... Mais pourquoi faire égorger nos sujets ? Je ne prise point une victoire qui sera achetée par la vie d'un grand nombre de mes enfants. Si j'étais à mon début dans la carrière militaire, et si je pouvais craindre les hasards des combats, ce langage serait tout à fait déplacé. Sire, Votre Majesté sera vaincue ; elle aura compromis le repos de ses jours, l'existence de ses sujets, sans l'ombre d'un prétexte. Elle est aujourd'hui intacte et peut traiter avec moi d'une manière conforme à son rang; elle traitera avant un mois dans une situation différente... Elle est maîtresse de sauver à ses sujets les ravages et les malheurs de la guerre. A peine commencée, elle peut la terminer, et elle fera une chose dont l'Europe lui saura gré...

« Sire, je n'ai rien à gagner contre

Votre Majesté. Je ne veux rien et n'ai rien voulu d'elle. La guerre actuelle est une guerre impolitique.... Je n'ai donné à Votre Majesté aucun sujet réel de guerre.... Je la prie de ne voir dans cette lettre que le désir que j'ai d'épargner le sang des hommes, et d'éviter à une nation, qui géographiquement ne saurait être ennemie de la mienne, l'amer repentir d'avoir trop écouté des sentiments éphémères, qui s'excitent et se calment avec tant de facilité parmi les peuples(1). »

Est-il possible de comparer les principaux extraits de cette lettre d'une incomparable dignité, où le chef de la nation française se montre si modéré, si grand, si calme dans sa force, à la fameuse dépêche falsifiée d'Ems qui fut la cause unique des terribles tueries de 1870 ?

Quel contraste entre ces deux nations tour à tour victorieuses !... D'un côté, la France de 1806 avec ses sentiments chevaleresques, de l'autre, l'Allemagne de 1870 prenant ouvertement pour guides la fourberie, le mensonge et la haine implacable.

---

(1). *Correspondance de Napoléon Ier*. — Tome XIII, n° 10990.

Et il en est de même d'un bout à l'autre de cette campagne extraordinaire de 1806.

A Auma, petite ville de la Saxe dans laquelle passa pendant plusieurs jours une grande partie de l'armée française avant la bataille d'Iéna et qui eut à supporter des charges énormes pour le logement des troupes, un barbier se vantait d'avoir rasé dans cette circonstance mémorable plusieurs mentons des officiers les plus connus de la Grande-Armée et racontait à ce sujet l'anecdote suivante : « Ce barbier était donc en train de remplir son office auprès d'un général, quand, jetant les yeux du côté de la fenêtre, il aperçoit des soldats emmenant une vache. Cette vache, il la reconnaît, c'est la sienne, son unique !... Pétrifié à cet aspect, il laisse échapper son rasoir, ce qui valait mieux que de faire quelque estafilade à un tel client. Celui-ci, apprenant le motif de cette grande émotion, se lève brusquement ; à moitié rasé et la figure encore barbouillée, il s'élance hors de la boutique, et rattrape la bête, qu'il ramène et rattache lui-même dans l'étable (1). »

Le nom de ce général n'a pas été con-

---

(1). Baron Ernouf. — *Les Français en Prusse*, p. 35.

servé, mais il ne faudrait pas en conclure que ce trait qui ne déparerait la vie d'aucun grand capitaine soit fantaisiste. Cette anecdote et les suivantes, car il est indispensable d'appuyer par des preuves les différences profondes de caractère et de tempérament que nous signalons, ont été recueillies dans les publications imprimées clandestinement en Allemagne et contemporaines des événements de 1806 à 1813. Ces ouvrages qui étaient tous composés et écrits dans un esprit naturellement très hostile à la France furent poursuivis et saisis, naturellement aussi, par l'autorité française pendant le temps que nos troupes occupèrent l'Allemagne.

Ces documents sont donc devenus en peu de temps si rares que la Bibliothèque nationale ne les possède pas tous. Ils ont été tirés de l'oubli en 1871, après la guerre, par le baron Ernouf qui les avait découverts dans la bibliothèque de son beau-père, le baron Bignon, « chargé de l'administration du département de Berlin depuis la bataille d'Iéna jusqu'aux ratifications de la paix de Tilsitt (1). »

---

(1). Ces documents sont:
Vertraute Briefe... (Lettres confidentielles sur ce qui s'est passé à la Cour de Prusse de-

De ces traits honorables à l'actif des soldats français pendant cette campagne,
bien peu nous sont parvenus. Aujourd'hui

---

puis la mort de Frédéric II.) 6 vol. in-12,
Amsterdam et Cologne, Petter Hammer,
1807-8. Cet ouvrage, attribué à un employé
supérieur des finances prussiennes, nommé
Colin, eut sans doute un grand succès à son
apparition, car la plupart des autres écrits du
temps y font des allusions fréquentes... Ces
volumes contiennent une foule de renseignements curieux et peu connus sur l'occupation. Tout en n'aimant guère les Français,
l'auteur se montre généralement assez juste
à leur égard.

— *Neue Feuerbrande...* (Nouveaux tisons.)
Recueil paraissant irrégulièrement, par livraisons de 150 à 200 pages, avec figures,
cartes et plans. Cet ouvrage, complément du
précédent, recueillait les faits de guerre et
d'occupation.

Le succès des *Neue Feuerbrande* avait encou-
ragé la publication de deux recueils du
même genre, les Allumettes (*Feuerschirme*) et
les Rayons de lumière (*Lichtstrahlen*), qui
n'eurent qu'un petit nombre de livraisons.
L'autorité française s'y opposa.

— *Matériaux pour servir à l'histoire des années 1805, 6 et 7.* — Ouvrage dédié aux Prussiens par un ancien compatriote. Francfort et
Leipzig, 1808 (en français).

L'auteur de cet important ouvrage est le
fameux Lombard, secrétaire de Frédéric-le-

il nous reste seulement quelques-uns de
ceux qui étaient tout à fait de notoriété
publique, qui se colportaient partout et

Grand, demi-favori sous son successeur, puis
conseiller privé sous Frédéric-Guillaume III.

— *Anecdotes et traits caractéristiques de la vie
du prince Louis-Ferdinand.* Berlin 1807 (en allemand). Opuscule publié sans nom d'auteur,
mais attribué à Archenholz, historien et jour-
naliste célèbre alors en Allemagne.

— *Comment Berlin n'a pas été défendu.* Mémoire d'un officier prussien prisonnier, par
J. de Voss (en allemand).

— *Galerie preussischer Charaktere* (Galerie
prussienne), in-8° *Germanien*, 1808. Ouvrage
sans nom d'auteur ni d'imprimeur, donné
comme traduit du français, dont l'auteur était
évidemment un Prussien.

— *Lettre d'un étudiant allemand à M*^me^ *Beau-
harnais sur Lubeck* par Villers (pseudonyme),
1808 (en français et en allemand). Cet opuscule, imprimé clandestinement sous la fausse
rubrique d'Amsterdam, est un pamphlet vio-
lent contre les vainqueurs.

— *Sammlung von Anekdoten.* (Recueil d'a-
necdotes caractéristiqnes sur les guerres de
1805 et 1806 dans l'Allemagne du Nord et du
Sud). Leipzig.

— *Wien und Berlin* (1808).

— *Sibyllinische Blœtter* (Feuilles sibyllines),
1807. Opuscule de source française, bien que
rédigé en allemand.

dont les historiens du temps n'avaient pu se dispenser de parler.

Tout ce qui est à l'éloge des Français, c'est à dire des ennemis, dans ces recueils historiques de provenance allemande, acquiert un degré d'authenticité presque indiscutable et donne à ces diverses anecdoctes un relief tout particulier.

Voici un autre trait qui peut être opposé à certains actes de sauvagerie dont notre pays a été fréquemment témoin, il y a 25 ans.

« Sur la fin de la bataille d'Iéna, dans l'une des dernières charges essayées pour dégager les débris du corps de Ruchel, un des plus hardis cavaliers saxons, engagé trop à fond, se trouva cerné par des dragons de Murat. Il se défendit comme un lion, blessa plusieurs de ses adversaires. Mais enfin, grièvement atteint lui-même au bras droit, il allait périr, quand soudain l'un des dragons, le voyant chanceler, se mit à parer les coups de ses camarades en criant : « Nous sommes Français ! les braves épargnent un ennemi désarmé ! » Puis il aida le blessé à sortir de la mêlée et le conduisit à l'ambulance (1). »

---

(1). Baron Ernouf. — *Les Français en Prusse*, page 72.

Et ce troisième, d'une allure franchement gaie et tout à fait «gamin de Paris».,

« Le lendemain de l'entrée des Français à Cassel, une pauvre vieille femme se lamentait du prix exorbitant qu'on lui demandait d'une livre de beurre. « Que voulez-vous ? c'est la guerre (*est ist Krieg*), répondait le vendeur, qui comme les spéculateurs de tous les temps, exploitait sans vergogne les circonstances. Un soldat français, témoin de cette altercation s'avance, prend sans façon à l'étalage du marchand abasourdi le beurre qu'il remet à la vieille, en lui disant : « Tenez, la mère, c'est la guerre aussi ! (1). »

Veut-on des actes de générosité? Ce qu'on appelle familièrement : le cœur sur la main .. En voici :

« Un jour un soldat arrive avec son billet chez un tisserand. Il trouve quatre enfants à demi nus, grelottant dans un galetas ; il fouille à l'escarcelle, donne une pièce blanche à chaque enfant et s'en va....

« Deux autres, adressés à une pauvre veuve, s'en allèrent de même, mais revinrent deux heures après... lui offrir les

---

(1). Baron Ernouf.— *Les Français en Prusse*, page 160.

rations de pain et de viande qu'ils venaient de recevoir (1). »

Un autre trait qui révèle le côté sociable, sans rancune, bon garçon, du soldat français est rapporté par un Berlinois qui, ayant fui à l'approche des Français, se décida à retourner chez lui au bout de quelques jours.

« On m'avait dit que sur la route de Francfort (sur l'Oder) à Berlin, je trouverais les villages incendiés et déserts, les routes défoncées, une pénurie absolue de vivres, que je serais dévalisé par les maraudeurs. Ce fut à Francfort que je rencontrai les premiers Français; le commandant de place fut très poli... Nous rencontrâmes en route plusieurs régiments, des soldats isolés; personne ne nous dit un mot.

« La voiture s'étant arrêtée pour relayer entre Francfort et Münchberg, personne n'osait entrer dans l'auberge, pleine de soldats français. Je me risquai bravement avec mon panier de provisions. Dans la salle, des chasseurs, des dragons étaient assis autour de la grande table ; dans un coin, six paysans jouaient aux cartes, aussi tranquillement qu'en pleine paix. Les soldats s'empressèrent de me faire place.

(1). Baron Ernouf. — p. 133.

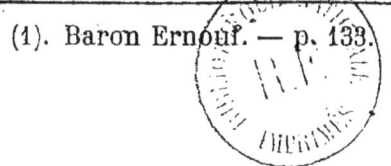

et m'invitèrent fort gracieusement à partager, leur frugal repas de pommes de terre. Ce procédé me toucha si fort, que je mis ma cantine à leur disposition ...; jambon, saucisson, rôti, rhum, vin de Hongrie, tout fut lestement expédié (1). »

Pour ne pas allonger démesurément ce récit ayant pour but d'indiquer très sommairement, en présence des manifestations tudesques qui ont lieu de l'autre côté du Rhin, comment nos ancêtres ont fait la guerre aux Prussiens de 1806, nous terminerons cette suite de preuves par l'aventure suivante tout à fait typique qui a été popularisée en Allemagne par la gravure.

Lorsque la Grande-Armée, après avoir passé par Berlin, se dirigea sur la Pologne, pendant le mois de novembre 1806, un hussard, muni d'un billet de logement, se présenta, un soir que la bise était âpre, à la porte de la maisonnette d'un cantonnier située à quelque distance de la route de Berlin à Posen.

Le ménage se composait du très modeste fonctionnaire déjà vieux, de sa femme et d'une nièce ou servante âgée de

---

(1). Baron Ernouf. — *Les Français en Prusse*, p. 279.

vingt ans. La jeune personne n'était pas trop mal et avait des dispositions. Le hussard, de son côté, n'avait pas les yeux dans sa poche.... Ils finirent par s'entendre, et si bien même que, paraît-il, sur le matin, le galant militaire savait, sans l'avoir demandé, où les deux vieux avaient caché leur bourse : « 250 thalers ».

Avant de prendre congé de ses hôtes, lorsque la trompette du régiment eut sonné le départ, il fit signe au cantonnier de le suivre, le conduisit au fond du jardin et lui donna l'ordre de déterrer ce qui était enfoui dans cet endroit. Vous voyez l'émotion et le désespoir du pauvre homme. Ses économies, mises de côté sou à sou, depuis si longtemps et avec tant de peine. Tout cela perdu, volé, emporté !... « Reprenez votre *magot*, mon brave, et cachez-le ailleurs, sans en parler à personne, car vous allez avoir à loger bien des camarades. Dans le nombre, il pourrait s'en trouver de moins scrupuleux que moi. Votre servante est une drôlesse qui vous a trahis ; elle espérait que je partagerais avec elle (1). »

Voilà de quelle façon, le plus souvent,

---

(1). Baron Ernouf. — *Les Français en Prusse*, p. 179.

nos aïeux se comportaient vis-à-vis de
l'ennemi ; avec bonhomie, cordialité et
une absence de ressentiment toujours sur-
prenante.

Puisque les Allemands commémorent
avec tant de tapage leurs victoires d'il y a
un quart de siècle, il nous sera permis, je
l'espère, de rappeler également la conduite
d'un de nos compatriotes de Paray-le-
Monial pendant l'immortelle journée du 14
octobre 1806. Cette page aura en outre le
mérite de la nouveauté, puisque les cher-
cheurs bourguignons ont laissé dans
l'ombre, jusqu'à ce jour, l'intrépide soldat
charollais.

Voici, en quelques mots, les prélimi-
naires de cette grande bataille.

Les Français sont cantonnés en Franconie-
nie, à l'est de Mayence et de Francfort-sur-
le-Mein, et s'avancent rapidement à la
rencontre des Prussiens qui leur font face
sur le territoire de la Saxe. Les avant-
postes se rencontrent et la première ligne
de l'armée prussienne est enfoncée. Celle-
ci est obligée alors de se retirer pour aller
se reformer plus loin et prendre de nou-
velles positions qui lui permettent de se
mieux défendre. Mais Napoléon la devance
et vient lui couper la retraite aux environs
d'Iéna en se plaçant entre elle et Berlin,

point sur lequel l'armée ennemie allait
chercher à se diriger.

Le 14 octobre, la lutte décisive a lieu ;
l'armée prussienne est battue et contrainte
de se sauver dans toutes les directions où
elle est poursuivie par la cavalerie française et forcée de se rendre.

Quarante-huit heures avant cette terrible journée, les généraux prussiens, bien
qu'ayant compris une partie du danger
auquel ils se trouvaient exposés, mais ne
prévoyant pas une rencontre aussi rappro-
chée avec l'armée de Napoléon et, surtout,
ne l'attendant pas du côté où elle se trouvait, avaient décidé qu'une moitié de leur
armée, 70.000 hommes environ, partirait
dès le lendemain 13, dans la direction de
Berlin pour se reformer plus en arrière et
que le reste des troupes placées entre
Iéna et Weimar, après avoir escarmouché
avec les détachements français que l'on
commençait à apercevoir, suivraient ensuite par la même route.

Les 70.000 hommes, comprenant 5 divisions, avec le roi de Prusse en personne,
le duc de Brunswick, les maréchaux Kalkreuth et de Mollendorf, prennent la route
de Berlin et, le 14 octobre au matin, se dis-
posent à franchir le défilé de Kœsen situé
au sommet des hautes collines qui bordent

la rivière de la Saale. C'était d'ailleurs la route la plus directe.

Mais en même temps que les généraux prussiens, appréhendant de se mesurer, dans les conditions défectueuses où ils se trouvaient, avec l'armée française, projetaient de lui échapper par des marches forcées, l'Empereur envoyait Davout à Kœsen avec l'ordre d'empêcher l'ennemi de passer.

Et l'ennemi ne passa pas...

Cette armée forte de 66.000 Prussiens (1), tous soldats d'élite, fut complètement battue et mise en déroute par le corps de Davout composé de 26.000 hommes seulement, pendant que Napoléon remportait sur l'autre partie de l'armée ennemie la victoire d'Iéna.

Cette bataille, complètement distincte de celle d'Iéna dont elle était séparée par une distance de 20 kilomètres, est appelée : bataille d'Auerstaedt, du nom d'un des villages où les troupes étaient placées.

Les trois célèbres divisions Friant, Gudin et Morand dont était formé le 3e corps, sous les ordres du maréchal Davout, étaient

---

(1). Ce chiffre est un minimum ; A. Thiers accuse 66 à 70.000 hommes et beaucoup d'autres historiens ont dit 80.000.

campées près du village de Kœsen,
au delà du défilé de ce nom, sur la route
de Weimar à Berlin, que la moitié de l'armée ennemie suivait en ce moment pour
gagner la vallée de l'Elbe où elle devait
trouver, dans le voisinage de Magde-
bourg, un terrain d'une défense plus facile.

Le maréchal, étant allé voir lui-même,
le 13 au soir, ce qui se passait de l'autre
côté du défilé de Kœsen, avait appris par
quelques prisonniers faits dans une recon-
naissance d'éclaireurs, qu'une armée de
« 80.000 hommes », conduite par le roi et
le duc de Brunswick, était en marche sur
Kœsen et ne tarderait pas à se présenter à
l'entrée du défilé. Aussitôt il fait donner
l'ordre à ses troupes d'être sur pied dès le
milieu de la nuit, afin d'occuper en force,
avant l'ennemi, ce passage important.
Cette promptitude fut la cause de la perte
de l'armée prussienne.

Le 14 octobre, bien longtemps avant le
jour, la cavalerie et les compagnies d'avant-
garde de la division Gudin avaient gravi
la côte et traversé, sans être inquiétées,
le col appelé : défilé de Kœsen, passage
étroit et sinueux entre deux murailles de
rochers escarpés, facile à défendre quand
on est en maître, mais difficile à emporter

de haute lutte. Au delà de ce passage situé au sommet des hauteurs qui dominent la rivière de la Saale, la route descend en pente douce pour traverser un petit ruisseau et remonter ensuite par des rampes faiblement inclinées du côté d'Eckartsberg, dans la direction de Weimar.

C'était là, de chaque côté de ce petit cours d'eau bordé de saules et de vertes prairies, sur les versants de cette vallée peu profonde, que les deux armées composées des meilleures troupes d'Europe allaient se mesurer et que Davout et ses soldats devaient conquérir l'immortalité.

Aussitôt après avoir traversé le défilé de Kœsen, le 85e de ligne, qui ouvrait la marche, rencontre l'avant-garde prussienne et engage la fusillade bien qu'il fît à peine jour et malgré un épais brouillard. En dépit de cette obscurité rendant très incertaine une marche en avant, le détachement français gagne du terrain, s'empare d'une batterie d'artillerie ennemie et parvient jusqu'au village de Hassenhausen, bâti à mi-côte, entre le défilé et le ruisseau dont il vient d'être parlé.

Ce village, au milieu d'un terrain découvert et exposé au feu des batteries placées sur la rive opposée, allait être le seul point d'appui du corps d'armée du maréchal et

le seul obstacle aux attaques de l'ennemi.
Tous les efforts des assaillants devaient
donc tendre à l'enlever et sa conservation
devenait pour nous de la plus extrême importance.

La division Gudin, arrivée la première,
fut seule en mesure, pendant plusieurs
heures, de faire face aux bataillons prussiens et de défendre ce village qui fut attaqué de suite avec vigueur. Ses quatre régiments, les 12e, 21e, 25e, et 85e de ligne se
trouvèrent placés, le 85e dans le village et
les trois autres sur la droite, avec quelques
escadrons de cavalerie en réserve, pour
empêcher l'ennemi d'avancer.

Vers huit heures, le brouillard se dis-
sipe peu à peu et la division Gudin peut
apercevoir devant elle, échelonnées sur
les collines situées de l'autre côté du ruisseau, les masses de l'armée prussienne
prenant en hâte ses dispositions pour écra-
ser les quelques compagnies qui mani-
festent la prétention de leur barrer la
route.

Pendant que les tirailleurs français, em-
busqués derrière des saules, se défendent
avantageusement contre la fusillade ennemie, le général Blucher, celui qui devait
nous être fatal à Waterloo, rassemble sa
nombreuse cavalerie et décrivant une

courbe pour prendre en flanc la division
Gudin avant que celle-ci ait eu le temps
de se former en bataille, arrive à fond
de train sur la droite du village de
Hassenhausen. A cette vue les trois régiments qui sont en dehors du village se
forment précipitamment en carrés et at-
tendent de pied ferme le choc des escadrons
prussiens.

C'est ici qu'entre en scène un de nos
compatriotes, le général Petit, né à Paray-
le-Monial, en 1763. Soldat pendant plusieurs années à la Martinique, dans le régiment illustré par d'Assas, il se réenga-
gea en juillet 1792, au moment de la décla-
ration de « la patrie en danger » par l'As-
semblée Nationale et fut élu commandant du 3e bataillon des volontaires de
Saône-et-Loire. Dirigé sur l'armée du
Rhin, il prit part à tous les combats
livrés dans cette région par les généraux
Desaix, Hoche, Pichegru et Moreau. Après
le traité de Campo-Formio, en 1798, il fait
partie, avec son bataillon, de la petite armée d'occupation envoyée aux Iles Ion-
niennes et il assiste à la défense héroïque
de la ville de Corfou assiégée par les Alba-
nais et les Russes. Cette ville, qui aurait
exigé une garnison de 7.000 hommes pour
être défendue dans des conditions nor-

males, le fut avec 1.800, réduits à 800 au
bout de 5 mois d'un siège pendant lequel
les habitants et les soldats connurent la
faim. Le rat d'égout y fut très recherché et
trouvait toujours preneur, sur le marché,
à trois francs. Lorsque l'amiral russe re-
çut la capitulation, il refusa d'abord de
croire que les défenseurs d'une ville de
cette importance étaient aussi peu nombreux et les fit reconduire à Toulon avec
tous les honneurs de la guerre. « Rien
n'égala la surprise des officiers russes en
apprenant, quand tout fut réglé, que la
place renfermait à peine 800 combat-
tants (1). »

De Corfou, où il avait été nommé chef de
la 79e demi-brigade, il passa à Lyon, près
du général Leclerc, et commanda la ville de
Lyon et le département du Rhône. Après
la rupture de la paix d'Amiens en 1803,
appelé par le Premier Consul au camp de
Boulogne, avec le grade de général de
brigade dans la division Gudin, du corps
d'armée commandé par Davout, il devait
y rester jusqu'au moment où il tomba
mortellement frappé par une balle, à la
tête de ses troupes, le 3 juin 1809.

---

(1). *Victoires et conquêtes des Français de 1792
à 1815.*—Paris, Panckoucke, 1818, t. X, p. 455.

C'est donc au milieu de ses deux vaillants régiments, les 12e et 21e de ligne, dont l'un fut surnommé « le brave » par Napoléon lui-même, que nous le retrouvons le matin de cette grande journée du 14 octobre 1806.

Au centre de chacun de ces trois carrés formés par les 25e, 12e et 21e régiments se sont placés le général Gudin et ses deux généraux de brigade Petit et Gauthier. « Le général Blucher que distinguait un bouillant courage, nous dit Thiers, dans son admirable *Histoire de l'Empire*, exécuta une première charge qu'il eut soin de diriger en personne. Il avait eu son cheval tué. Il prit celui d'un trompette, recommença la charge jusqu'à trois fois, mais toujours sans succès, et fut entraîné lui-même dans la déroute de sa cavalerie (1). »

Mais la véritable bataille n'était pas encore commencée et les difficultés les plus inquiétantes n'allaient pas tarder à surgir pour la petite armée du maréchal. Après cet insuccès de la cavalerie de Blucher, la division Friant parut sur le terrain du combat. Davout la plaça à droite de Hassenhausen où l'ennemi paraissait

---

(1). A. Thiers. — *Histoire de l'Empire.*

en force et concentra la division Gudin
autour de ce village qui devait être attaqué
et défendu avec opiniâtreté pendant tout
le jour. Ce fut ensuite au tour de la division Morand qui arriva au pas de course,
retardée, elle aussi, par l'étroitesse du
passage dans le défilé de Kœsen, de prendre sa place de bataille sur la gauche
pour contenir les colonnes prussiennes
qui menaçaient de tourner et de déborder
Hassenhausen.

Il faudrait raconter en entier cette victoire d'Auerstaedt dont tous les détails sont
d'un intérêt palpitant, mais n'ayant en vue
ici que notre compatriote parodien, nous
nous bornerons à ce qui regarde principa-
lement sa personne et les troupes sous ses
ordres directs.

C'est donc sur le village de Hassenhausen, point central de la bataille, que furent
dirigés les plus sérieux efforts de l'ennemi.
Il parvint même à s'en emparer, mais le
village fut repris par les régiments char-
gés de le défendre. On se battit avec achar-
nement dans les maisons, dans les cours,
dans les jardins.

Cependant, il fallait passer à tout prix,
les cinq divisions que le roi de Prusse
avait avec lui formaient l'élite de son armée; une artillerie de plus de 200 pièces

de canon, 14 à 15.000 cavaliers réputés les premiers du monde, le grand état-major, la famille du roi, les généraux les plus renommés et comme stimulant, l'infériorité numérique du corps d'armée de Davout qui barrait le chemin.

Le vieux général de Trobriand, ancien aide de camp du maréchal Davout, disait un jour, dans le salon de sa fille, Mme de Blocqueville, 54 ans après la bataille : « En face de l'ennemi, nous représentions ce petit vase (un vase à fleurs posé sur une table ronde) en face de ce gros canapé ! Nous avions l'air, avec nos 25.000 hommes, de préparer un déjeuner à MM. les Prussiens : ils étaient 80.000 hommes contre nous (1). »

Les assauts désespérés que les régiments du roi tentèrent jusqu'à 4 heures du soir vinrent échouer contre cette muraille vivante des trois divisions commandées par Davout. Le duc de Brunswick, généralissime, le maréchal de Mollendorf et le général Schmettau furent tués tous trois devant le village de Hassenhausen... Le roi de Prusse lui-même fut pendant

---

(1). Mme de Blocqueville. — *Le maréchal Davout raconté par les siens et par lui-même.* — Paris, Didier, in-8°, 1879, t. II, p. 435.

toute la journée un des premiers au feu, mais rien ne put ébranler la fermeté des hommes de bronze dont se composait ce magnifique 3e corps.

Un peu avant la nuit, le roi et le maréchal Kalkreuth, voyant l'inutilité d'une plus longue lutte et désespérant de triompher, avaient donné l'ordre de battre en retraite, et pour faciliter ce mouvement, avaient fait occuper par une division de réserve le château d'Eckartsberg bâti sur un monticule en arrière du champ de bataille et dominant la route par laquelle on devait se retirer. L'armée, appuyée par cette division fraîche, aurait le temps de rétrograder en bon ordre, d'emmener ses magasins, son artillerie, ses immenses bagages et d'échapper à la poursuite de ces démons de Français.

Mais il restait encore une heure de jour, c'était plus qu'il ne fallait aux soldats de Davout pour accomplir quelque nouveau prodige d'héroïsme. Ses trois divisions avaient abandonné déjà leur position défensive de la matinée, elles avaient traversé le ruisseau et s'étaient portées en avant. Les troupes royales commençaient à céder le terrain et se disposaient, sous la protection de la réserve établie, avec une nombreuse artillerie, sur le plateau d'Eckart_

sberg, à retourner sur leurs pas pour
rejoindre le reste de l'armée restée entre
Iéna et Weimar et qui venait, elle aussi,
d'être écrasée par Napoléon.

Mais avoir simplement empêché l'armée
prussienne de lui passer sur le corps est
un résultat qui ne satisfait pas le maréchal :
il lui faut davantage, il veut une victoire
entière et la déroute complète de l'ennemi.
Il part au galop et se porte à Tauchwitz,
village que la division Gudin vient d'enlever à la baïonnette, et, au milieu des balles
et de la mitraille sifflant de tous côtés, il
expose au général Petit, dont l'un des régiments, le 12e, le plus exposé au feu, sur la
gauche de Hassenhausen, a le plus souffert
de tout le corps d'armée et perdu beaucoup
de monde, le coup d'audace à tenter pour
terminer d'une manière vraiment française cette glorieuse journée.

Voici comment les *Victoires et conquêtes*
rapportent ce fait : « Le général Petit, à
la tête de quatre cents hommes d'élite des
12e et 21e régiments, formant la tête de la
division Gudin, leur fit gravir le plateau
principal d'Eckartsberg, sous le feu meur-
trier de l'artillerie et de la mousqueterie
ennemies. Les prussiens furent abordés à
la baïonnette, sans que les assaillants ti-
rassent un seul coup de fusil. Cette atta-

que impétueuse soutenue par la brigade du général Grandeau-Dabancour, eut tout le succès que le maréchal en espérait. Les Prussiens enfoncés, culbutés, prirent la fuite avec tant de précipitation, que le général Petit put s'emparer d'une batterie de vingt pièces de canon abandonnées, sans avoir été enclouées, par ceux qui les servaient ; elle fut dirigée sur le champ contre les fuyards, et augmenta la confusion de leur déroute. Le feld-maréchal Kalkreuth, entraîné lui-même, ne put donner aucun ordre, et les Prussiens, poursuivis jusqu'au delà des bois d'Eckartsberg, se dispersèrent sans pouvoir se rallier (1). »

On se rend bien compte de ce qui est arrrivé n'est-ce pas ?

Dix mille hommes, au moins, de troupes excellentes, commandées par des généraux qui tous ont été formés à l'école de Frédéric II le Victorieux, occupent le sommet de la colline ; ils se sont placés dans le château, dans les cours, sur les terrasses, derrière les arbres du parc ; les batteries d'artillerie sont disposées pour labourer la route et tous les terrains d'alentour. La position ne peut être mieux choisie et paraît impre-

---

(1). *Victoires et Conquêtes des Français*, t. XVI, p. 333.

nable. Mais un officier de la Grande-Armée
a fait un signe ; 400 fantassins qui n'ont pas
mangé depuis 22 heures et se battent depuis dix se groupent autour de lui ; le mot
magique « en avant » est prononcé, et une
heure après, les dix mille hommes de là-
haut, protégés sur leur mamelon par des
murs, des maisons, des troncs d'arbres,
des canons, sont bousculés, chassés, ba-
layés et la place est nettoyée...

Que dire du coup de théâtre qui termine
cette bataille extraordinaire du commence-
ment à la fin? Trouvons-nous dans les lé-
gendes de l'antiquité et chez les rapsodes
du moyen âge des actions d'éclat plus
merveilleuses ou plus incroyables que
celle-là ?... Elles sont, en tous cas, peu
nombreuses et si ce fait de guerre datait
seulement de quatre siècles, on le traite-
rait de fable.

La confusion et la déroute de l'armée
royale furent en effet inexprimables. Tous
les chemins encombrés par des chariots,
des caïssons, une quantité énorme de bagages. Aucun ordre, aucune direction ;
tous les corps, toutes les armes se con-
fondant dans la nuit. Le roi obligé de se
sauver avec une escorte de quelques cavaliers et lorsqu'on apprit par des détachements venant d'Iéna, et fuyant eux aussi

à l'aventure, le résultat de l'autre bataille, la démoralisation fut complète. « Une terreur subite s'empara de toutes les âmes, on se mit à courir confusément sur les routes, sur les sentiers, voyant partout l'ennemi et, prenant des fuyards pleins d'effroi eux-mêmes pour des Français victorieux (1). »

Le corps d'armée de Davout fit trois mille prisonniers. N'ayant lui-même que 44 pièces de canon, il en prit 115 à l'ennemi, de nombreux drapeaux et un matériel de guerre considérable.

Tel est en quelques mots le résumé des exploits de cet intrépide troisième corps et du Parodien Petit pendant cette meurtrière journée du 14 octobre 1806.

En récompense de cette victoire, Napoléon envoya à Davout le titre de duc d'Auerstaedt et 500 croix de la Légion d'honneur pour être distribuées aux officiers, sous-officiers et soldats de son corps d'armée. De plus, l'honneur d'entrer les premiers dans la capitale de la Prusse leur fut réservé ; ce qui eut lieu le 25 octobre 1806, avec la division Gudin en tête, comme ayant été la plus maltraitée le jour de la bataille.

---

(1) A. Thiers. *Histoire de l'Empire.*

Les premiers officiers généraux français qui se présentèrent à la porte de Postdam, pour recevoir des représentants du gouvernement prussien les clefs de la ville, étaient le maréchal Davout, le général de division Gudin et les deux généraux de brigade Petit et Gauthier. Or, sur ces quatre officiers, deux étaient bourguignons, le premier, Davout, du département de l'Yonne, et le second, Petit, du département de Saône-et-Loire.

Cet anniversaire n'est donc pas sans intérêt pour notre région, et l'écho déjà lointain des gloires qu'il évoque doit être une atténuation aux souvenirs douloureux de l'invasion de 1870 et un espoir pour l'avenir.

Ce tardif hommage à la mémoire d'un héros sur lequel les chroniqueurs de Bourgogne ont toujours observé jusqu'à présent un religieux silence, sera aussi le début d'une œuvre de rectification des erreurs toujours commises à son préjudice par les écrivains militaires qui ont eu à parler de lui. Presque tous ils se sont appliqués à attribuer à d'autres les actions d'éclat dont il est l'auteur et qu'il est injuste de lui enlever.

MACON, IMPRIMERIE PROTAT FRÈRES.